내 안의 그대

내 안의 그대

문정 시집

한국문인

● 서문

내 안의 그대를 위해

곽 문 환(시인. 전 펜문학주간)

문정 시인의 〈허수아비의 미소〉 2009년 이후 두 번째 시집이다. 13년 만에 만난 시인의 모습에서 오랜 삶의 본질 앞에 마음과 육신의 아픔과 고통을 어떤 언어로 표현하고 치유하고 있었을까?

속속 스며 투명하고 맑은 희망의 언어들이 시인이 바라본 세상을 긍정적이고 어루만지고 다독인 여류시인의 깊은 뜻이 엿보였다.

내·외적 외로움과 절망 속에서 현실을 도피할 수 없는 어둠 속에서도 시인과 신앙인으로 잔잔하고 따뜻한 빛이 던진 틈으로 시인의 감당치 못할 몸부림 앞에 〈내 안의 그대〉에 신과 시인의 시詩가 꿈틀대고 있었다.

시詩가 치유하고 다독인, 평생 간직하고 바라본 믿음으로부터 신음소리는 영적인 따뜻한 여린 몸짓에 사라지고, 발하고 있을 내면 깊이 간절한 새로움의 시어들로 재탄생할 수 있었음을 문정 시인의 시에서 필자는 감사하고 가장 인간적인, 가장 여인적인 면이 시에 보이듯 〈그리움〉, 〈부끄러움〉, 〈담쟁이〉, 〈나의 기도〉 마음 따뜻한 시어들로 세상에 외롭고 쓸쓸한 상처 입고 아픔을 겪은 이들로부터 시인의 잔잔한 발자국 소리에 깊고 깊은 감동을 불러일으키리라 믿어 의심치 않는다.

속물이란 이름으로
자책하며 밤을 지새우다가
손가락 마디마디 남은
허무의 흔적

부끄러움이 고개를 들 때
욱신거리는
마음의 비명을
듣지 못했음을 후회

누구와도 함께 할 수 없는
하나뿐인 허상
아침이 와도
준비 못한 몸짓은

혼자가 좋았을
시린 북쪽 창문에

황량한 바람과 함께
흔들리고 있다.

- 〈부끄러움〉 전문

시인은 스스로 물음을 자책하며 밤을 지새우다 삶의 흔적 앞에 부끄러움이 가슴에 스밀 때 오직 시가 문을 열고 한 줄 영혼의 빛으로 그곳 〈내 안의 그대〉 앞에 조용히 서서 그리움 그리워 님의 여인이 되어 가고 있었음을,

시인은 신과 시가 마음 깊숙이 뿌리 내리고 오직 자신만의 믿음 위해 신의 은총으로 건강하고 따뜻하게 시와 신앙을 꽃 피우리라 기대합니다.

두 번째 시집 출간을 진심으로 축하합니다.

- 주후 2021년 3월 새봄에

● 시인의 말

긴 겨울이 간다
껴입었던 옷 훌훌 벗어
봄 햇살에 파란 하늘이
따뜻해 온다
산수유가 꽃망울 터트리고
민들레도 앞다투어 여린 몸짓 비집고
이 환희의 모습 벅찬 감격 저만치서
살며 아팠던 겨울 강을 몇 번이나
건넜을까
늘 허우적대다가 내 안의 그분께
다시 일어서는 이 봄
영글지 못한 내 분신의 시詩들 부끄러움에
가깝고도 먼 별빛 고이는 이 노을길에
살펴주신 k교수님께 감사드리며
항상 영적 그분 곁에 머무는 소망의 기도를 드리며
오직 이 길에 서 있고 싶다
영원히…….

2021년 3월 창가에서
문 정

차례

서문 _ 곽문환(시인. 전 펜문학주간) 5
시인의 말 9

제1부 어느 멋진 봄날에

그리움 17
부끄러움 18
비매품 19
들꽃 20
담쟁이 21
피는 것은 22
쑥의 예찬 23
꽃이 핀다 24
어느 멋진 봄날에 25
기다려 26
겨울 풍경 27
홍매 28
개망초 29
구름 30
나비가 되어 31
고추잠자리 32

제2부 사라진 날

산다는 것 1	35
산다는 것 2	36
동행	37
만남	38
바다가	39
가을 산	40
갈바람	41
나무	42
하늘을 날아	43
자격상실	44
사라진 날	46
비처럼	47
우리집 풍경	48
밥 이야기	50
삶을 짓다	52
봄을 맞으며	54

제3부 갈라진 운명

봄이 오면 57
사랑아 58
계절을 타는 59
영혼의 감기 60
도시는 싫어 61
해후 62
돌아보면 64
거기 아무도 없어요 66
때리지 못하는 68
무제 70
받고 받아도 72
돌아오지 못하는 73
갈라진 운명 74
어떤 죄인을 보며 75
정인아 미안해 76
친구들 78

제4부 벅찬 만남

가족	83
나의 기도	84
송편 빚기	86
속여 만든 시간	88
지문 없는 손	89
여름	90
탕자	91
노아의 방주	92
얘들아	93
막내 동생	94
엄마의 손	95
보릿고개	96
어머니	98
보고 싶다	99
솔뫼 마을	100
벅찬 만남	102

제5부 향기가 되고 싶다

사랑의 확인 107
연습 108
다시 일으켜 110
그림자 112
떨어지는 113
향기가 되고 싶다 114
헛되고 116
그분께로 117
내 안의 그대 118
모리아 산 119
아니지요 120
그건 정말 121
뉘우침 122
미소 123
거짓말 124
아쉬움 125

1부
어느 멋진 봄날에

어린 연록으로
싹 트일 때면
그 멋진 봄날
찾아오듯 설렘으로

그리움

목소리에도
서로의 마음을
읽을 수 있는 사람이

한 해를 보내면서
다이얼을 돌리려는데
그 쪽에서 전화가

묵어 있던 이야기
말끔히 씻겨

멀리 있어도
가끔 날개를 달아 주는
그로 인하여
오늘은 가벼운
몸짓으로 하늘을 둥둥 떠다닌다.

부끄러움

속물이란 이름으로
자책하며 밤을 지새우다가
손가락 마디마디 남은
허무의 흔적

부끄러움이 고개를 들 때
욱신거리는
마음의 비명을
듣지 못했음을 후회

누구와도 함께 할 수 없는
하나뿐인 허상
아침이 와도
준비 못한 몸짓은

혼자가 좋았을
시린 북쪽 창문에
황량한 바람과 함께
흔들리고 있다.

비매품

팔 수도 살 수도
기다림의 연륜에는
가격이

높은 이상으로
낮은 수줍음은

치부하지 못한
지난날과
미래를 오가며

가짜도 진짜도
인사동 거리에
옛 발자국 되어
비매품으로 앉아 있다.

들꽃

스스로 맑은
자태를 차마
바라볼 염치가

죄 너무 커
향기조차 버거워
가까이 갈 수가

그의 구근은
잉태하지 못한
여인의 부끄러움

잔잔하게 퍼지는
노래가 지친 영혼
맑게 헹궈

가녀린 몸
차오르는 그의 묵언이
허물투성인 날 돌아보게.

담쟁이

여린 손끝으로
숨이 멎도록
휘감는 행진
벽을 타고 더듬어가는

창가에 멈추어
매달린 정지된 몸은
가녀린 눈빛으로
하늘만을 향한다

계절 앞에
담쟁이는 묶이여
붉디붉은 표정으로
세상의 미소를 토해내고 있다.

피는 것은

그 얼굴에 웃음
부풀어 오르는 마음

볼에
발그레한 웃음꽃

저녁연기
오솔길에 아지랑이
피어나는 구름

이 세상
사랑
피어나는 곳에
영혼의 꽃은

골고다 언덕
피처럼 붉게
피는 것을.

쑥의 예찬

쑥쑥 내음 비집고 올라온
보송보송 여린 잎
멸치 육수 내려
쌀뜨물에 된장 풀어
보글보글 끓이면
향은 입에서 먼저
봄을 알게 해 준

쑥버무리 한 접시에
허기를 메꾸고
개떡으로 청정한 속내

모기는 윙윙대면
앞마당에 쑥 연기로 몰아내고
가을 쑥대밭 무성할 땐
잘라내고 말려서 뜸질에

신토불이 우리 땅에
쑥떡 쑥떡
파란 희망으로 가는 영혼
쑥차 한 잔으로 행복을 연다.

꽃이 핀다

그 사내아이 집
새로 달아놓은
사립문 문고리가
반질반질 길이 들어

소녀의 옷깃만 보아도
돌처럼 굳어버리던
그 애의 바람이

동네 킬 킬 대며
웃는 소리에
가슴에도 얼굴에도
꽃이 피어나고

봄은 산야에 돌 틈에
그 사내아이 얼굴에
꽃을 주는 요술쟁이.

어느 멋진 봄날에

그때를 잊은 건
기억 속에
꽃 대궁 입에 물고
바라보던 눈

수줍어 차마 고백 못 하고
대신 불러주던 노래
소녀에게
별도 따다 줄 것 같은 풋풋함

지금은 사라진
기찻길을 거닐 때
손도 잡지 못하고
앞서거니 뒤서거니
가슴은 뛰었지

어린 연록으로
싹 트일 때면
그 멋진 봄날
찾아오듯 설렘으로.

기다려

봄아
한 번이라도
보여줄 사람 있으니
지금 이대로 머물러

싹 피울리는 너의 속삭임
이 벅찬 차오름을
바람결에
차마 보낼 수가

꽃반지 끼워주며
별 따다 주겠다던
약속을 던지고

어느 나라로 가버린
그가 올 때까지
조금만 조금만.

겨울 풍경

새벽녘엔
서리꽃 상고대가
줄을 서서
시선을 잡아당긴

종일 쏟아진 함박눈
온 세상 하얀 이불 덮고
앞산에도 장독대에도
면사포를 둘러 준

뽀드득뽀드득
집으로 향하는
시름까지 덮어주는 눈

아이들은
시인들
연인들은
창 넓은 찻집에 빠져

겨울 풍경은 허연 낮달도 차가워.

홍매

눈발 휘몰아치던
긴 밤
태우고 태우다
못내
뿜어내는
고결함

여린 입술에
다가와
가슴 후비고 돌아간
남겨진 자국

그리움에 몸부림
말없는 서러움을
쏟아 붓고

서릿발 불면
서러워
상사의 붉은 피 방울.

개망초

들녘
가슴에만 멍을 품고 향기 없이
흩뿌리는 꽃

햇살 사이로 바람이
신부가 되어
초록 카펫 위를 걷고 있는

흔들리던 속내를 숨긴 채
묵정밭
축제에 막을 올린
이름은 계란 꽃이라
무대 위에서 비명을 토한다.

구름

구름 타고 두둥실 올라가면
그곳에 천사가 날 기다리고

창공에 그려놓은
하늘대는 깃털
꽃 그림을 그려주던 뭉게구름

저 기이한 현상
순식간에 그리고 지우는
하늘에 화가는 누구일까

옛 선지자 구름 타고
갔다던 그곳
따라가고 싶어.

나비가 되어

하늘을 이고
넓은 동산에
들꽃들과
실개천이 흐르는
물가에

소리쳐 부르는
노래를 들어줄
함께 웃는 꿈

새하얀 모시 적삼
옥색 치마
사뿐사뿐
나비 부인되어
그렇게 날고

이 나이쯤엔.

고추잠자리

장독대 위에 고추잠자리

살랑살랑

잠자리야 잠자리야

너도 울 엄마 아기네

그래서 울 엄마

냄새 맡으러 왔나.

2부

사라진 날

헤어지리라고는 상상 못 하고 살았는데

몸의 한 부분을 보낸 아픔

이별이 그리 서러워

산다는 것 1

꿈을 찾아
쉼표도 없이
나이테 그리며
우화 되어 가는 그런

크고 작게 출렁이다
때론 쉬어가며
잦아드는 물결처럼

인연도 악연도 다 접수하는
카멜레온 같은
때론 불안정을 안정인 척

자유로운
그분의 목적 안에서 살다가
다 놓아두고
가볍게 아주 가볍게

그분 품으로 가는.

산다는 것 2

가시밭길 평탄한 길
오르막 내리막

모든 질고 다 이고 가는
그 언덕 보다도
사뭇 못한 그것들이

허기지게 만들다가
때론 질긴 밧줄에
밤을 지새우다

그 분
그분의 정겨운 음성에
일어서서
안위 받고 누리는 그런 세상

사랑 사랑
예정된 시간을 사위며
허허롭게
그 아름다운 성을 향하여
달려가는 그런 길.

동행

함께라서 좋은
예전에도 지금도
이루시며

그분이
베풀어 주시는
누리는 것이 무엇인지도 모르는
마음을 아주 조금

그 기도 들으셨나
비틀거리는 영혼에 힘이 솟아나
눈이 밝아졌고
그 자상한 솜씨 앞에
한없이 작아진
먼지 같은 존재가
탈바꿈한 동행의 환희.

만남

돌아보니
축복인 것을

그때는
자리에서
아무것도 아닌 일에
밤을 새우고
작은 상처에도 신음하며
마음대로 가슴앓이

님을 만나
입혀준 그 옷으로
사랑이 보여

가슴은
당신께 향한
희열로 돌아와
감사의 길에서
당신의 사랑만을.

바다가

- 코로나19

가고 싶다

일상
낯선 길을 바꾸라
조바심하며 너도나도 걷고 있네

인간이 저지른
신은 경고하시지만
우왕좌왕 휘둘려
가족을 친구를 잃고
너무 많이 지쳐버린 세상

기도하면 이루시지만
그날 그때까지
바다에 가서 강물에 떠내려 온
조롱당한 시름도 아픔도 다 품어 달라
소리치고 싶다.

가을 산

가을 산이
쪽빛 하늘 지키려
비명을 지른

잃어버린 기억
버리고 부서져
타는 그리움

발자국 소리에
흔적조차 기다리던
신음의 몸부림

산에
부서진 인연이
그리워지는 것은

아직도
펴 올리지 못한
풍경이 고여 있기 때문.

갈바람

못내
뿜어 버리고만
격렬한 몸짓으로
젖어 흔들리는 나뭇잎

가을은
보내지도 않았는데
앙상한 노을만 걸쳐놓고
멀어져

나무에
잎 새 하나는
기약 없는 바람 앞에 매달려

목이 빠지도록
붙어서 시한부의
계절을 보내고.

나무

나무들 제 각각
이별을 고하는데
낙엽마다 처연한 사연들

세상 이별이면 이별이지
또 다시 보자는 건

거부하지 않고
흔들리며 멀어져 가던
아련한 이야기
언젠가는

미련만 두고
낙엽아
그래도 기약이 있는

사연이 아무리
아픈 마지막 화려함을 줄지라도
그 길이 다시 못 오는.

하늘을 날아

빗속에
사람 냄새 진한

메말랐던 정
차라리 부르짖어 열정 태우는

이제는 희망
틔워
쪽빛 하늘을 날아

얼마나 갈망하며
목울음으로 헤매였나

훠이 훠이.

자격상실

이 나이에도
어머니를 사모하고 그리워하고
평생 자식들을 위하여 희생하신
생각만 해도 아프고 저려오는

정작 자식 사랑을 모르고
아파 누워도 물 한 모금 떠다 줄
죽어 안타까워 그리워해 줄

에미의 자격을 상실하고
늘 춥고 비어있는 한구석
이 가을에는 강물 위에 떠도는 낙엽이
애처로워

강산이 몇 번을 변했어도
나이를 세어가며
하늘나라 딸이 그립고
미치도록

가슴에 묻혀있는

지금쯤은
친구처럼 지내며
오순도순 살아갈 텐데.

사라진 날

헤어지리라고는 상상 못 하고 살았는데
몸의 한 부분을 보낸 아픔
이별이 그리 서러워

시간이 가면 익숙하려나
없어진 것에 매달리지 말고
감사하자

잘려나간 한쪽 가슴에
생애의 걸어온 길처럼
아린 사연들이 촉을 세우며
일어나지만
겹겹이 접어 묻어두는.

비처럼

연일 비가 내린다

님이 주신 천혜를
우리가 미련하여
지키지 못하고
마구잡이로 더럽히고

주신 것보다 더 좋은
환경을 만들어야 함에도
우리는 안일
편한 것을
이렇게 만들고

지구를 더럽힌 건
제가 이렇게
님이여 저를 용서해

그러니 죄 없는
생명들에게
단비를 내려 주세요.

우리집 풍경

미친 듯 작렬했던 햇살도
숨을 죽이며 순해진

앞산에는
새벽녘 단잠을 깨우던
산새들이 푸르른
산수화를 그리며

아침이슬
웃음으로 유혹하고
앞마당 장독대 앞 잠자리 떼

흰나비는 백일홍꽃에 앉아서
나풀나풀
가을에 편지를 쓰겠다던
약속은
스마트폰 카톡에 젖어

누군가 손을 흔들며
아는 체하지만

가을 산은
여기 없소
돌아서 눕는다.

밥 이야기

그 시절 보리밥은
이제 향수로

커다란 양푼에
보리밥을 담고
고추장에
열무김치 넣고
싹싹 비벼 냉수 한 모금씩 마시며
온 가족이 둘러앉아

배 고파본 사람만 아는
밥 한 그릇 덜기 위해 일찌감치 보내놓고
밥 때문에 모진 시집살이 감내하며
어머니는 그렇게
희생하고

밥 한 톨도
버리지 못하는
밥에 매여 살아온

오늘도
백화점 들려 피서 겸 쇼핑을 하고
지갑에는 몇 푼 있었지만
제일 싼 잔치국수로
오늘 만큼은 그렇게 배를.

삶을 짓다

여린 순으로
전쟁을 지나
허기로 타는 목마름에
젊음

멍에 너무 버거워
벗어 버려
마음대로 되지 않아
고개를 떨구며
터벅터벅 가던

그 길은
담금질과 채찍에
멍든 허무의 가시밭길
홀로 가다가

발 묶어놓고
너는 내 것이야
이 무한한 환희
삶 내가 짓는 것이 아닌

회초리로 빗어가며

쉬지도 않고 그분이 짓고 계신다.

봄을 맞으며

풍경소리 요란하니
님이 오는 길목인가
봄바람이 얼었던 세상 풀어
꽃망울에 불씨를

안개등 밑에도
달빛 창가에도
작은 꽃밭에도
겹겹이 묻은 사연
토해내려 움직이는

꽃아
피어나거라
널 기다리다가
어머니 품속 같은
꽃 대궐에서.

3부
갈라진 운명

종착역에서 할 수 있는 것은

오로지 서로의

실린 사연들

봄이 오면

밤하늘에 별이 반짝이면
혹여 내가 찾던 그 별이
노송 사이로 낮달을 보면
마음 엿보러

겨울 하늘 새를 보면
꺼억꺼억 울어주려고
창가에 함박눈이 부딪치면
마음 덮어주러

강물은 말없이 바다로 흘러가도
갈대밭 물새는 강을 지키고
안에 굽이굽이 사연
흐르지 못한 채 고여

펴 올리지 못하고 흔들리던
시인의 뜰에도 기다리고 기다려서
봄이 피고 피겠지.

사랑아

추적 추적 빗속에
살냄새 진한 순간

말랐던 정서는
차라리 부르짖어 태우는 열정

이제는 희망의
싹을 틔워
쪽빛 하늘을 날아

얼마나 갈망하며
목울음으로
고갯마루를 헤매였나

지난날
익어버린
소소리 바람 헤치며
훠이 훠이
사랑아.

계절을 타는

거리
빌딩
공원
여인의 옷자락

어느 날
바람이 몰고 와
마디마디 새겨진 이름

낙엽 길을 걸으며
솟아오르는
목마름

못내
이룰 수 없는
아쉬움인가

가을비가
뼛속으로
주룩주룩 내린다.

영혼의 감기

빛이 있으라 함에 빛이
밤이 있으라 함에 밤이 있었는데

평생 밤이 너무 길어
지쳐 쓰러질 듯

무엇으로 사는지도 모른 채
님의 언덕만 바라보며
푸념만 늘어놓아

해가 뜨고
남풍이 불어 잔설마저 녹아도
아픈 응어리

영혼의 감기였다고
다독여 주시며 웃음 지시는
모습

이제야
다시는 울지 않겠습니다
나의 랍비여.

도시는 싫어

염소 울음
닭 울음도
여물통에 여물은 남긴 채
외양간 송아지 울음소리 맴돌고

쟁기질도
타작마당도
논두렁에 물꼬 내기
사랑채에 모여 새끼꼬던 친구들
명절이면 멍석 깔고 윷놀이하던
무시루떡 쪄서 나눠 먹던 이웃사촌
함께라서 좋았던 일생을
도시가 다 삼켜

강변 아파트에 갇혀서
창밖 오가는 풍경 바라보다
강 건너 오색찬란한 빛의 잔치에
흙냄새 그리운 어느 시린 겨울날
잔기침 쿨럭이다가 영감님은 요양원으로.

해후

가랑잎 뒹구는
달빛 맞은 청둥 새들
바람결에 물살은
매달린 단풍잎 하나
머리카락처럼

오색 조명 받아
찬란했던 가지마다
속울음 지고 벗어가며
부산하게 물을 내리고
겨울 채비로

걷다가 만난 소리에
소녀 되어
그는 누구이기에
이 깊어가는 가을 밤

"어느새 바람 불어와
옷깃을 여미어 봐도"

수년간 가슴 뛸 일 없었는데
그 순간만은 참으로 진실이었어.

* 최성수의 '해후' 중에서 인용.

돌아보면

홀로 서서

휘젓고

목청을 돋우며

바라본

어제는 산이

오늘은 강이 되고

내일은 이는 바람

마른 기침에

엉킨 머리카락을 흔들어

어리석었던 언어들이

발자국을 채우지 못하고

돌아보면

거부하지 못한

길이 아닌 길을 걸어온 것을.

거기 아무도 없어요

늦가을 산에
오색 그리움이 있다기에
괜스레
그대 가슴은
카톡을 눌러
안부를

가을 병이 도지지
혹여 나이 들어
계절 감각이 무뎌지지는 않았는지

아무리 젊게 살자 해도
바람에
앙상한 머리카락
거울 비친 모습에

그대 그렇게 늙어 가겠지만
어디 아픈데는 없는지 안부라도 물으며

떠났다는 친구들 소식 들을 때

슬퍼 말고 그냥 받아들이고
우리도 채비를 해야만
아름답게 마무리할

여보시게 우리 다시는
가슴에 허튼 생각 지우고
좋은 소식 오가며 예쁘게.

때리지 못하는

오늘도
잘난 척 세우며
부끄러운 시간만

님의 뜻을 저버린 채
스스로 길을 찾으러
헤매고

시간을 삼키며
세상에 하루를 빼앗겨
욕심으로 눈이 멀어
휘청거렸는데

회초리를 들고도
때리지 못하시는
사랑 앞에 무릎을

제 입과 몸에
교만과 부정과 탐욕이 떠나게
이제껏 주신 수없이 많은 은혜만을

자랑하게

영혼은 감사와 찬양으로
다윗의 춤을 추며
하늘만 향하게.

무제

혼자 가는 길

시린 날이 서러워

기댈 곳 찾아 여기 저기

기웃대다가

그도 나의 위로가 되지

친구들은 아들 딸

손자 손녀 자랑

재산 자랑

건강 자랑

입 꼭 다물고 앉았다가

하나님 자랑만.

받고 받아도

받고 받아도
모자라는 허기
모태에서부터
안간힘 다해 봐도
채워지지

채찍과 담금질로
넘어지고 일어서고
멈추지 않는
거기 또 산이
기다리고

기진하여 쓰러진
순례의 길에서
제한하지 말라는
나만 따르라
너는 내 것이다.

돌아오지 못하는

돌아오지 못하는
강물은
울음 토해내는데

여린
수없이 많은 들꽃
피고 진 자리

흔적조차 사라진 곳을
몸부림으로
깨어지며
사라진 연어가 된 길손들

기다리다 타버린 마음은

사람아
무슨 사연인지
소식이나 주렴.

갈라진 운명

이십대 초반
힘든 삶이
사랑을
갖고 가기에 너무 소진되었고
기다리기엔 고파서

이제 늙어
남아있는 시간
나타난들 어쩌라고
다시 돌아갈 수 없는
그때 그
만난 날

종착역에서 할 수 있는 것은
오로지 서로의
실린 사연들.

어떤 죄인을 보며

사람이기를
짐승보다 못한
뉘우침도
연속적 저지레
한다 해도
두렵지 않은
엄마도 누이도 딸도
보이지 않는
인간이 아닌
일생을 밟아
엄마가
누이가
딸이
세상도 운다.

정인아 미안해

감당치도 못할 입양을
아가는 꽃으로도 때리지 말라는 말
어디인들 예쁘지 않은 곳이
사랑을 독차지하고 자라갈
저항도 할 수 없는 그 아기를
하늘이 무섭지도

천사처럼
예쁘게 태어나서
고작 472일
낳아준 부모에게 버림받고
얼굴도 모르는 양부모
여리디 여린 그 몸을
저항도 못하고 헤매다가
숨져야만 한 일생
가슴이 저리고 아프다

그 어린 생명을
짐승만도 못한 그들에게

그렇게
부끄럽고 괴롭고.

친구들

파도처럼
잔주름으로 감춰진
육십년 지기
수평선 너머 물결 일렁이면

유년의 풍경
다가오는 풍금소리
조잘대던 웃음
더듬어 부르는
소녀가 아닌 소녀들
눈빛에 부끄러움도 없어져

그 님은 어디에
못다 한 이야기
모래톱에 묻어두고

도시는 바람으로
아우성인데
이곳은 해오름이
시계의 초침을

만지작거리며 일어선다.

* 친구들과 쏠비치에서 - 서울은 곤파스란 태풍으로

4부

벅찬 만남

오늘 우리의 피가

가슴 안에 끓어

더는 참아야 할 이유 없어

달려가

가족

꿈 찾아
달려
저만치 멀리 있어

돌아온 빈집
냉기로 채워진 선뜩함

잠시 눈을 감고
기억 속 웃음소리

이젠 문 열어놓아도
그 목소리 들리지 않는

외로움은
눈 내리는
창밖을 보며
혼자였지.

나의 기도

죄인으로 살던 제가
아버지라 감히 부를 수 있는
특권을 주심에 감사
저를 포기하지 않으시고 붙들고 계신
입술의 셀 수도 없는 실수와
눈물을 닦아 주지 못한 옹졸함으로 살던
이기심과 교만
물질에 매여 살던
눈 감아 주시고
성장시키시고 빚어주신
그동안 얼마나 많은 눈물을

어떤 기대가 있으시기에
죽음의 문턱에서
일으키셨는지
이제야
품에서의 자유가 이렇게 행복한 것을

그 처소에 들어갈 때까지
더 큰 고통이 닥쳐와도

님의 손 꼭 잡고
어떤 유혹에도 넘어가지 않는 믿음을

새로운 지혜를 항상 기쁨으로
어느 곳에서라도 자랑하게
무슨 일을 하든 님의 손에
길 드려진 향기가 되게

빈 항아리를
맑은 영으로 채우시어
그 그릇만큼만 회복되게
하지만 제 뜻이 아닌
목적대로 있게 하소서.

송편 빚기

쑥을 뜯어 삶아서
쌀과 섞어 빻아놓으면

특별한 날이 아니어도
장마 때나 휴일 무료한 오후 시간에
송편을 빚어 간식으로

손으로
조물락조물락 오래 주무를수록
찰져 가는데
반달처럼 예쁘게 빚으면
예쁜 딸을 난다는 어머니 말씀

시루에 면 보자기 깔고
다 익으면 건져서 참기름을 바르고
입으로 쏘옥

빚듯
님은 나를 몇 번이고 조물락 조물락
빚어 만드시느라

아직도 공사중인 나

내가 언제나 푹 익어 님의 곁에.

속여 만든 시간

검버섯 잔주름
분칠로 분장하고
앙상한 머리
눌러쓰니

낮에는 아주머니
밤에는 할머니
늙어가는 것이 아닌
익어가는 것이라고

유행가 가사가 위로하지만
일기예보 알아채며
시큰거리는
뼛속 마디마디는

희망은
머리도 익고 지혜도 익어
마음속 깊이까지
알아차릴 수 있는
노을 품은 계절이 왔으면.

지문 없는 손

손가락만 대면
현관문 열리는
어머니는 지문이 없어
번호만 누르면 열리는 것으로
눈이 안 보이니

항아리는 비었고
타작할 곡식은 남아 있는데

못 먹는
배부른
안 아픈 척
자식 앞에

이제야
우리 어머니 지문은 어디 갔나.

여름

잃어버린 계절에
찜통더위
어머니의
야윈 얼굴과 피부는
내복을 입고도 문 닫으라

보고픔도
배고픔도
시간도
모르시니 생각도 꽁꽁 얼어서
휘어진 허리

냉장고 문이 닳도록
사탕만 좋아하는
아기가 되신 어머니

이 삼복더위에
외로워서 더 추우신가.

탕자

지금도 쉬지 않고
무엇으로 살게 하시려고

못난 자아는 오늘도
몇 번을
뛰쳐나가고

떨어지는 부스러기를
먹는 것이 뜻이 아닐진대

그래서
저도 집에
다시 가고

길을 묻고
저는 거지가 되었습니다
돈과 밥이 많은 거지입니다.

노아의 방주

산 위에 세우리라 말씀하신
세밀하고 자상하게 명하신
노아의 가족
각종 동물 종류대로
먹고 마실 곳까지 챙기시고
몇 규빛 몇 규빗 어쩌면
그리도 정확한 예술품의 방주
말씀 그대로 행한 순종
야벳 셈 함
황인종 백인종 흑인종으로
살아가는 세상 인류는
이처럼 사랑하시는
세밀히 자상하시고
머리털까지도 세고 계신 님을
모두 다
찬양하자.

얘들아

"얘들아 보고 싶다"

학교 울타리에
걸어 놓은
그리움의 현수막

맑은 눈동자들 보고파
선생님은 현수막을

코로나가 만들어 준
그리움이

나도 덩달아 학교 앞 허공에
그리움
걸어 놓았네.

막내 동생

동생 막내둥이
엄마 기다리다가
담장 밑에 기대앉아
사르르 잠이

광주리에
생선은 남아있고
젖이 불은 엄마는
아가 생각에
무거운 광주리 머리에 이고
집으로 달려오네.

엄마의 손

엄마는 부엌에서
식구들 위해

손등이 갈라져도
괜찮다고
로숀도 안 바르고
온종일 젖어

나 빨리 어른 되어
울 엄마 로숀 사야지.

보릿고개

어머니 넘던 보릿고개
피난길에
줄인 배 잡고 물만 마시며

젊음이 넘던
집 나간 사람 기다리다
한으로 얼룩진 세월로

중년에
소식 끊어지니
이 세상 가난만 탓하다

사람 잃고 눈물로 넘던
목구멍 모질게도

이제 아픔 찾아오니
병실에서
님만 찾다가 지쳐

기댈 곳이 그마저 감사하며

사람 그리워

이제는 코로나19로
신조어만 늘어나고
비대면의 보릿고개가 지나가네.

어머니

빈들
햇빛과 바람이
논두렁에 넘어진
휜 허리를 잡아

다 주고 또 주고
쭉정이가 된 채
작디 작은 몸으로

생각도
욕심도
저 세상

얌전한 울 엄마
오직 한 가지
기도로 시간을

발자국은
어머니 찾아
어머니의 그림자 되어간다.

보고 싶다

지금쯤은
잊을만한 시간인데
냄새가 그리운 날엔
어디선가 다가올 것만 같은

힘들고 지칠 때
다독여 주던 따스한
헝클어진 허물까지도
웃음으로 숨겨

진달래꽃이 피려는
그런 날엔

긴 세월 삼킨 마음은
유빙이 되어
겨울 강에 떠다니고
지구 저쪽에서
서성거리고 있을.

솔뫼 마을

솔뫼 마을
나무 그림자
밟고 있던 어느 날
어머니가 두고 가신 빈집
장독대에 올라 묵은
장항아리에 손을 넣어 어머니를

남아 있는 그 냄새
때 묻은 세간살이
깨어진 옹기 조각들만 뒹굴어
추녀
거미줄 목을 매고

돌절구 빈 항아리
사금파리 조각까지 아쉬워 챙기며

흔적도
고향도 아스라한
기억 저편에 묻어 둔 채

빛바랜 사진만
앞에 묻힌다.

벅찬 만남

하나다
누가 갈라놓아
한恨을 품고 살게 하였는지

명치끝에
매달리다
떠난 이들

오늘 우리의 피가
가슴 안에 끓어
더는 참아야 할 이유 없어
달려가

언제 꿈이었나
하늘 푸르디푸르러
반겨주는

하나임을 확인
다짐하는 너와 나의 약속

하늘도
삼천리 금수강산이 웃는
오늘은 우리가 하나 되는.

5부

향기가 되고 싶다

저의 발걸음마다
닮은 향기가
퍼지도록 가게 하소서

사랑의 확인

그날
이후로
마음에 빗장 걸어 잠근 채
외로운 길 멀리도 돌아

너무 무거워
숨찬 입 벌리고 바라본
바로 제 옆에 계신
당신의 모습

그러나 다가가지 못해
행여 날 외면하지
의심하던 저에게
매일 매일

환한 음성으로
위로로 다독여
제 영혼 기뻐 이제는 새 힘으로.

연습

가벼게
오월 바람 속으로
유인하는 그는

꽃들은
이별 연습시키는데
아픔이 쓰나미처럼
몰아닥쳐 무너지는 몸

힘으로 의지로
아무리 안간힘 써도
일어설 수가

또 다른
아픔과 상처
아 이렇게
그렇구나 순응 해야지

그대 부르시는 음성에
답하여

그저 고통 없는 길로
잠자듯 평안하게
이것 말고는 아무것도.

* 2019. 3.24 골절로 손목 허리수술

* 2019. 7.28 유방암 절제술, 항암 8차

다시 일으켜

아무 준비도 하지 않은 채 넘어지고
아프고 너무도 아팠습니다
손목이 허리가 부러지고 가슴을 잘라내고
그 절박한 아픔에 내게 왜 이런 일이

이 나이에 아프지 말고 자다가
기도만 하고 그냥
평생에 많이도 주신 것을 많이도 잃고 살았습니다
분신을 잃었고 사랑도 물질도 다 잃었는데 또 뒤늦게 가슴까지

아픔의 파고를 넘나들며 머리털도 손톱도 발톱도 다 없어지고
뼛속과 세포는 타들어 가고
입안이 헤어져서 음식을 먹을 수도
그분의 손을 꼭 잡지 않았다면 견디기 힘든
포기하고 싶을 때가

그분이 나 대신 돌아가실 때는 마취제도 진통제도 없었는데
어찌 견디셨나
숨을 쉴 수도 먹을 수도
걸을 수 없던 문턱에서

그분은 한 줄기 빛으로 오셔서
이제 밥도 먹고 잠도 자고 걸을 수 있게
다시 살리신 은혜가 넘치고 잃고 살았던 그리움도
아직은 많은 것이 남아 있으니

아무것도 아닙니다
오직 내 영혼 하나 잃지 않은 것이 제일 큰 기적 중에
샬롬.

그림자

지난날을
별 하나 품고
새벽녘에 깨어보니
이불깃 적셔

더러는 꿈꾸며
오지 않을 사람을
잡히지 않을
기다리다 사위어

외로워서
친구가 되었을
가슴에 무덤 두고 간
무언의 대화로 지새우며

다시는
뒤돌아보는 헛걸음으로
님의 그림자만 밟아보겠다고.

떨어지는

해마다 마당 귀퉁이 감나무에
주렁주렁

햇볕이 뜨거워도
달이 뜨고 별이 빛나도
아무런 표정도

묵묵히
몰아친 태풍에
속절없이 툭툭 떨어져

설익는 채로
삶이 떨어져.

향기가 되고 싶다

찾아
비틀거리며 흔들리다
와 버린

꿈에서 깨어
님의 가슴에 상처를
다시 무릎을 꿇고

철부지로 인하여
뜯기시고
수모를 감수하시며
돌아가신

이제는
세상의 욕망이
속물의 근성이
고개 들지 않도록
감사로만 되게

저의 발걸음마다

닮은 향기가
퍼지도록 가게 하소서.

헛되고

채워지지 않던
욕심도 고뇌도
살아가는 과정이려니

잃어버린 것에 매달려
잡아보려고 쫓다
허우적거리던 추한 몸짓

세상 바람 따라
바라는 길 외면하고
멀리도 돌아와

근심 걱정 모두
헛되고 헛된

님과 함께 걷는 길.

그분께로

땅과 바다를 흔들어
요동치는
눈물을

잠시 머무는 세상
허우적거리며
살아가는

참다 못 한 그 가슴에
얼마나 더 큰 아픔으로
대못을 박아야 하나

이제 그만
분별없이 살아온
우리가 되돌아보고
빌 때가

온 세상이
새 순이 돋기 전에
그분께로 가까이 가까이.

내 안의 그대

그 오월에
피어보지도 못한
꽃 봉우리
꽃향기 올려

세월이 가면
그곳에 가면
위로가
따라가고

살면서
빈손은
당신에 매달려

보고파도
나와 기뻐하자며
빈자리에
다독여 주는.

모리아 산

저 라면
백세에 얻은 아들을 어떻게
그럴 수는 없다고

겉으로는
주신이도 거두시는 이도
당신이시오니
순종을 하는 척

가슴 속엔
분노로 가득

그리하셔야 한다면
저는
믿음이 아닌 포기로
그 길을 택했을

아브라함을 닮지 못한
이삭처럼 아비를 용서하지 못한
불순종
주님 저의 믿음 없음을.

아니지요

늘 옆에 계신 것도 모르고
머리 둘 곳 없으신 님을
외면하며 살았습니다

감사를 모르고 욕심에 빠져
죄인 오라 하실 때
가롯 유다가 되기도

빈 들에서 기적을 베푸신
기적을 주고 계신데도
갈증으로 허덕이며

님 그런 나를 사랑하시오니
이 미련하고 우둔함을
선한 사마리아
마음으로 변화시켜

얼었던 겨울 강이 풀리고 봄이
이제 구걸하든
오직 위로와
사랑하며 살게.

그건 정말

빚어지고 빚어져
가마 속에서
인내로 익어지면
어여쁜 보배합으로 태어나
님의 품에

그러나
만드신 그는
갓 태어난 날
흠이 많다 밉다
깨뜨려서
소망이 사라졌지

질그릇은 말합니다
그건 아닙니다
정말 아닙니다
님은 죄뿐인 우리를
사랑으로 용서하고
다 보듬어 구원하고 계신
날 버리지 말아달라
절규의 메아리가 울립니다.

뉘우침

시간을
쪼아대고 헤메이다
꿈에서 깨어보니

오래 참아온 님의 가슴에
살점을 도려내는
철부지는 매양
허구만 쫓아

섭리가 아니면
한 마리의 새도
떨어짐이 없는데
자식을 여읜 에미는
세상의 욕망
고개 들지 않게 누르고 눌러.

미소

처음과 나중까지
주신 역할 무거워
감당치 못한 채
님을 잊고

달콤함에 끌려
그것이
죄라는 것도 모르고
진흙탕에서
허우적대고 있을 때

잔잔한 음성으로
용서하마
이끌어
참 빛으로 오신

회초리 없이
죄인의 창가에서
미소로 바라보시며
오직 그 사랑에
힘으로 다시 살고 있습니다.

거짓말

마지막 하늘에
물든 생각은
쉽게 찾아온 이별 앞에
깨우고 등을 돌린

물거품이 되어
홀연히 떠나가 버린 날

미워할 수 없는
어리석음은
세상을
초승달 옆에 매달아 놓았다

어디 있나
소박하고 가식 없는
그 마음 찾아

바보가 되어
바보라도 좋을
바보를 찾아
가랑잎 날리는 거리를 방황한다.

아쉬움

그날
잡았어야 할
보낸 아쉬움

질긴 목숨
지탱함은
꿈이기 때문에

아무도 모르는
안개 깊던 그 날
혼 마저
바람이었을

두드려도
몸짓으론
대답이 없는

가끔
빛 따라 찾아와
흔들고 가는
당신은 깊은 산이었습니다.

문 정 시집
내 안의 그대

초판 인쇄 2021년 4월 20일
초판 발행 2021년 4월 30일

지은이 문 정
펴낸이 노용제
펴낸곳 도서출판 한국문인

주 소 04558 서울시 중구 창경궁로 1가 29 (3F)
전 화 02-2272-8807
이메일 rossjw@hanmail.net
출판등록 신고번호 제301-2011-202호(2008.10.15)
홈페이지 www.je-books.com

ISBN 978-89-93694-55-0 (03810)
값 11,000원